DIANA CASTILHO

AINDA HOJE QUANDO CHOVE

MEMÓRIAS DA CARNE

COLEÇÃO QUEM DERA O SANGUE

HECATOMBE
2023

HECATOMBE

rua do caju, 478
jardim das cerejeiras
cotia — sp
06724-015
brasil

rua dr. manuel pacheco nobre, 128,
5 esquerdo
2830-080
barreiro (setúbal)
portugal

[+351] 928053619
[55] 19 9 82411532

www.editoraurutau.com

SUMÁRIO

09 — [apresentação]
10 — [eu sempre achei que depois do]
11 — [um exemplo interessante são as]
12 — [éramos jovens, e a gabi já tinha as]
13 — [eu demorei a formar os seios, eu]
14 — [quando raspei a primeira vez os]
15 — [franzina das pernas finas, as saias]
16 — [em um final de semana de sol, fui ao]
17 — [mãe, o menino na escola]
18 — [eu deixo os pelos do corpo]
19 — [inclusive, quando eu viva em um]
20 — [um pequeno conflito de identidade]
21 — [meu filho sempre tomou banho]
22 — [eu sempre me sentava ao pé da]
23 — [meus pais saíram de férias, e eu]
24 — [minha mãe sempre falava que]
25 — [ninguém nasce sabendo já se]
26 — [eu tenho dedos pequenos, mas]
27 — [eu já quase morri algumas vezes]
28 — [comandar o próprio corpo não é]
29 — [uma felicidade infantil era ir para o]
30 — [eu era garçonete, e um cliente que]
31 — [mesmo muito magricela, meu]
32 — [já tirei um cisto da coluna e outro do]
33 — [apressada para o ônibus e ir]
34 — [a minha mãe às vezes mentia. com]

35 ▬ [quando meu pai de tão bêbado]
36 ▬ [quando voltei do coma, eu, ainda]
37 ▬ [amadurecer exige da gente]
38 ▬ [três passos pra frente e um para]
39 ▬ [atrás da máquina de costura da]
40 ▬ [traduzir gente é difícil, que nem]
41 ▬ [a cozinha da minha avó tinha cheiro]
42 ▬ [observar meu filho crescer sempre]
43 ▬ [já me tiraram a privacidade. meu]
44 ▬ [claro que, se hoje eu vivo, outras]
45 ▬ [envelhecer às vezes é terrível. eu]
46 ▬ [ouvir como o corpo se queixa.]
47 ▬ [quem inventou que a mulher é]
48 ▬ [eu tive que ficar adulta antes do]
49 ▬ [eu trabalhava durante o dia e fazia a]
50 ▬ [a gente era criança, e fazíamos uma]
51 ▬ [ainda hoje quando chove, eu encho]
52 ▬ [nós, as mulheres da família, sempre]
53 ▬ [não entendia bem quando pediam]
54 ▬ [eu já inventei ter piolho para minha]
55 ▬ [meu avô dizia que cabra macho]
56 ▬ [na hora do almoço mal se podia]
57 ▬ [eu aprendi a ler os lábios, olhando]
58 ▬ [autopossibilidade não é só um]
59 ▬ [o quintal da casa dos meus avós em]
60 ▬ [de minas até o ceará são 2.307]
61 ▬ [na varanda da minha avó sempre]
62 ▬ [minha irmã mais velha era quem]

63 ▬▬ [a rua em que a gente morava no]

64 ▬▬ [todos os anos a gente se reunia no]

65 ▬▬ [minha irmã do meio me ensinou a]

66 ▬▬ [meu corpo guarda a memória dos]

67 ▬▬ [eu tinha três anos quando caí do]

68 ▬▬ [em uma excursão de escola]

69 ▬▬ [eu ainda me lembro do cheiro de]

70 ▬▬ [não é porque meu pai já me chamou]

71 ▬▬ [gosto de pensar que eu sou]

72 ▬▬ [eu e ele cantávamos juntos na rede]

73 ▬▬ [ele não sabia, mas iria morrer logo]

74 ▬▬ [a cicatriz é uma memória concreta]

01

apresentação:

me classificaram sem classe. ora, pois eu tenho classe, sim, senhore. sou da classe das que não se calam, das que não se submetem, das que não abaixam a cabeça, das que andam em matilha, das que navegam na ancestralidade, das que ardem, das que partem, das que guerreiam, das que berram a justiça, das que não são demais ou menos. sou da classe das clarices, das joanas, das evaristos, das berthas, das leilas, das penhas, das ângelas, das djamilas, das marias lacerdas, das pagus, das pagãs. eu vejo muita classe nisso tudo. pois bem, te convido a entrar por esse lado de cá e sentir as memórias que se instalam na carne, já que o corpo não tem amnésia. entre sem bater e me classifique novamente e quantas outras tantas vezes quiser.

02

eu sempre achei que depois do banho bastava ficar com a toalha pendurada atrás das costas para ela se secar. com o passar do tempo entendi que cada canto nosso merece cuidado, até mesmo para aquele canto não adoecer, não esverdear até ficar propício para os fungos.

03

um exemplo interessante são as orelhas, uma parte que, apesar de proteger os ouvidos e criar uma concha sonora, é um bocado estranha. com suas dobras duras e partes moles, e é nelas que moram os segredos de muita gente. meu avô tinha orelhas enormes, mas eu não sei quais segredos ele guardava nelas além dos restos do creme de barbear.

04

éramos jovens, e a gabi já tinha as unhas pontudas e grandes. não dessas americanizadas que se usam hoje. eram elegantes e hippies, eu achava. ela dizia que eram suas garras, e que uma mulher felina havia de ter suas garras afiadas para defender suas crias. eu pensava comigo, se quando eu fosse mulher madura e não soubesse bem manejar as garras, se eu pudesse usar só a inteligência mesmo.

05

eu demorei a formar os seios, eu demorei a ter corpo, como minha mãe dizia. e nunca entendi por que mesmo sem um corpo eu ainda tinha que responder para o mundo muitas coisas. eu não sabia que, depois de ter um, eu teria que criar garras para defendê-lo. entendi a gabi.

06

quando raspei a primeira vez os cabelos, eles batiam quase na cintura. senti o vento entrando na nuca, e isso me libertou do padrão de ter cabelos longos. uma loba também precisa vigiar a matilha fora de sua caverna.

07

franzina das pernas finas, as saias viravam em mim um balão, e eu voava. adorava a sensação de estar livre no meu balão. numa noite de natal, minha mãe me vestiu com uma camisa e uma bermuda cáqui e um suspensório insuportável, e eu me entristeci, bem na noite de natal.

08

em um final de semana de sol, fui ao sítio da minha melhor amiga de classe. na piscina, brincando como crianças que éramos, o sutiã do biquíni dela deixou à mostra seu seio quase formado. impactada eu pensei: será que ela ainda pode brincar?

09

— mãe, o menino na escola levantou minha saia e enfiou o dedo dentro da minha calcinha.

— contou para a diretora?

— contei.

— ótimo.

10

eu deixo os pelos do corpo crescerem que é para quando eu tirá-los eu sentir a pele bem lisinha, eu gosto daquilo que faz diferença.

11

inclusive, quando eu vivia em um país frio, eu deixava os pelos crescerem infinitamente. eu gostava de não tirar, e ter na pele a sensação de escolha. e o que os moços e as moças achavam não fazia diferença.

12

um pequeno conflito de identidade se instaurou em uma época da minha vida. de manhã eu brincava com as meninas do prédio. à tarde eu fumava escondida no colégio. no fim de semana saía para beber com as amigas. eu não sabia se casava ou comprava uma bicicleta. mas em breve saberia.

13

meu filho sempre tomou banho comigo. sempre naturalizei isso para ele entender que os corpos são diversos e que a beleza dos corpos habita em não ter vergonha do que se é. ele já entende que corpo é também o que a gente tem pra dentro.

14

eu sempre me sentava ao pé da minha mãe enquanto ela lavava nossas roupas à mão, no tanque de casa. um dia ali, eu li para ela uma poesia que escrevi :
— foi você mesma que fez?
— aham.
— é muito linda, minha filha.
eu nunca mais parei de escrever.

15

meus pais saíram de férias, e eu decidi perder a virgindade no nosso apartamento vazio no anchieta. eu sangrava, e mesmo assim o moço me perguntou:
— e aí, gozou?

16

minha mãe sempre falava que quando nasci eu era só uma boca imensa que não parava de chorar. deve ser por isso que até hoje nunca me calei. minha boca imensa nunca parou de berrar, mãe.

17

ninguém nasce sabendo já se defender e se impor ao mundo, há de se considerar onde os planetas estavam naquele exato momento. viver exige da gente o tempo todo uma constelação de atitudes, e vai depender de quais os traumas a gente viveu para defender uma coisa ou outra ou várias coisas ou outras. às vezes é preciso defender galáxias ancestrais inteiras até o fim da vida.

18

eu tenho dedos pequenos, mas sempre me disseram que tenho poder nas mãos. tenho mesmo, que o diga a minha masturbação.

19

eu já quase morri algumas vezes.
nós mulheres somos feitas de
mutilações cotidianas cotidianas
cotidianas cotidianas cotidianas
cotidianas cotidianas cotidianas
cotidianas cotidianas cotidianas
cotidianas cotidianas cotidianas
cotidianas cotidianas cotidianas
cotidianas cotidianas cotidianas
cotidianas cotidianas cotidianas

20

comandar o próprio corpo não é uma questão de ligar uma seta e pronto, o comando foi dado. há um trabalho imenso a ser feito. dependendo da pele que te cobre, o trabalho é maior ainda. estamos exaustas.

21

uma felicidade infantil era ir para o galinheiro e tentar orquestrar as galinhas no poleiro. passava horas ali, conversando com elas e afagando seus pintinhos. um dia o galo ralhou comigo e meteu seu esporão na minha coxa. devia estar farto de me ver ali. percebi que o amor pode virar ódio em uma espo(r)rada só. nunca mais as meninas me viram ali.

22

eu era garçonete, e um cliente que não se deu bem com sua cantada voltou no outro dia e começou a discorrer achismos sobre a minha personalidade, que obviamente em sua opinião haveria de ter algum problema. estava claro que o toco que eu dei o tinha afetado virilmente. em resposta eu disse: esse seu estado de catástrofe parece ser uma anomalia de nascença de homens comuns e sem graça que enxergam pouco além do próprio pau. uma vara ao meio das tuas pernas não te dá o direito de ganhar a guerra sem antes lutar. para o almoço você poderá pedir meu coração ao ponto, e para acompanhar? mais uma cerveja, senhor?

23

mesmo muito magricela, meu quadril já dizia que ia dar problema no futuro. e hoje, sendo aquele futuro, eu lembrei que esqueci de ouvir o passado.

24

já tirei um cisto da coluna e outro do sovaco, tirei o útero, tirei o apêndice e tirei o ovário. essa coisa de precisão mesmo. mexe muito com a gente modificar as coisas do corpo, mesmo sendo necessário. eu fico imaginando as cirurgias plásticas de estética. essas pequenas mutilações a serviço de como querem nos ver e de como nos obrigam a ver nossos corpos. o quanto do cérebro é afetado? deve ser um bocado estranho se reconhecer depois de abrir os olhos. será que os olhos voltam a se abrir?

25

apressada para pegar o ônibus e ir para o cursinho, esqueci que eu não era invisível, embora muitas vezes gostaria de ser. o carro me pegou de lado, e como em câmera lenta eu vi o ônibus, uma colega dentro do ônibus, o céu e o chão. saiu do ônibus todo mundo. e um moço que também saiu de lá disse que me salvaria e a gente construiria nossa história de amor com aquela cena romântica do meu corpo caído no chão. que patético não poder nem ser atropelada em paz.

26

a minha mãe às vezes mentia. com o tempo eu entendi que era uma questão de sobrevivência ao machismo do meu pai. uma mentirinha aqui e outra ali não matava ninguém. e crescemos aprendendo a mentir também. minhas irmãs mentiam para onde iam e com quem iam. eu mentia que não tinha pegado as roupas delas para ir na padaria. mãe mentia pro meu pai o preço das coisas. eu mentia que não fumava. mentia quando dizia que ia dormir na casa da amiga. que ia ao shopping, eu odiava. que o pneu furou. mulher mente para sobreviver, isso diz muito do mundo. na minha casa tudo era motivo. minha mãe também mentia por se preocupar com o que os outros iam achar, e isso diz mais ainda da herança mutilada dela.

27

quando meu pai de tão bêbado misturou por descuido produtos químicos para limpar a piscina, ele se intoxicou. perdeu o ar. ficou roxo. corri para buscar ajuda e virei adulta. eu tinha 7 anos.

28

quando voltei do coma, eu, ainda sem poder falar, vi o enfermeiro no telefone marcando um encontro com a amante. sua esposa era também enfermeira ali. eu não podia falar, pois tinha dias que um tubo atravessara a minha traqueia. pedi com gestos que ele me desse água, essa seca que dá depois de voltar a viver. ele disse para eu parar de encher o saco. eu só não podia falar, mas ouvia bem. quando minha voz voltou, solicitei à chefe da enfermagem que não queria aquele enfermeiro traidor cuidando de mim. ela disse: — traidor? e comentou com a outra enfermeira ao lado:

— esse povo acorda do coma tudo despirocado.

29

amadurecer exige da gente entender que engordar ou emagrecer não é mais questão de estética. que ressaca não dura só a manhã de segunda. que subir um morro de pedra é melhor que descê-lo, sem dúvida. que é preciso terminar uma coisa de cada vez. que casa é lugar sagrado. que ter paz é 38 mil vezes melhor que ter razão. que calor não é só o de verão. que qualidade é melhor que quantidade. que sozinha é melhor não envelhecer. que fascismo e gente nociva tem que combater. que viajar continua sendo a melhor forma de se autoconhecer. e que para todas as dores inclusive, as do coração: chá de alecrim, hortelã do campo e manjericão.

30

três passos pra frente e um para trás. olha para um lado, para o outro, agora pode ir. a noite caiu, melhor não sair. sozinha nem pensar. leva a saia pra trocar lá. celular sempre na mão. para a chamada de emergência é só apertar um botão. ô, gostosa! vai se fudê, cuzão. fecha a janela do carro. o motorista do uber errou o caminho? abre a janela do carro. festa de família com cara de bunda. ela é assim, mau humorada. faz a egípcia. não atende homem por quê? acupuntura? também faz massagem? vou querê. abaixa a saia. acende um cigarro. melhor não colocar salto. coloca a vodca na garrafa de água. dança que o baile tá quente. um tiro estalou. pegou a travesti. ajuda a irmã. a polícia chegou. o que você faz aqui? moço, eu acho que também me feri. dois corpos no chão. quando chegar me avisa.

31

atrás da máquina de costura da minha mãe, se fazia um buraco em que eu conseguia entrar e lá ficar, brincando horas a fio ouvindo ela tecer. dali saíram algumas roupas que ela fez pra gente, será que aquele conjunto cáqui foi ela quem fez? eu nunca perguntei, e melhor nem perguntar, porque depois vão dizer por aí que não sei perdoar.

32

traduzir gente é difícil, que nem contar as gotas do mar. quem me dera parar de sangrar e poder ficar só observando as gentes e seus saberes. as gentes e seus teceres. mas eu não sei parar de sangrar.

33

a cozinha da minha avó tinha cheiro de café. ela só fazia café solúvel, e eu não sei explicar por quê. mas isso tinha lá sua poesia. todas as coisas que se encontram em território sagrado, como a cozinha da minha avó, têm poesia. como enfeitar de flores a mesa para um jantar ou pendurar na parede um retrato do seu bem.

34

observar meu filho crescer sempre me faz pensar. o que será que ele vai guardar na caixinha de lembranças? qual comida ele vai pedir para eu fazer quando vier me visitar? de qual viagem ele vai mais se lembrar? qual ódio ele terá de mim? qual vergonha eu fiz ele passar? será que ele vai entender que tudo a gente faz por amar, mesmo sabendo que vai errar? a gente quer que eles tenham saúde mental para que possam tomar decisões conscientes e no mínimo não crescerem fascistas. é o que toda mãe anarquista sonha. mas quem sonha os nossos sonhos senão nós mesmos? o que será que ele vai sonhar? quais memórias ele irá carregar na sua carne?

35

já me tiraram a privacidade. meu computador, minha conta bancária, meu celular, minhas cartas do correio. fui desnudada sem direito a defesa, acamada em uma UTI. alguns atos de amor não justificam a sacanagem. eu estava viva, porra! não é o mesmo quando um homem bate dizendo amar? ele tira mais do que a privacidade, tira a dignidade e às vezes deixa um resto de vida. se eu quiser eu posso comparar, a poesia é minha. o amor não justifica a sacanagem.

36

claro que, se hoje eu vivo, outras tiveram que morrer. é que é assim. em todas as eras foi assim e continuará sendo. se eu morrer hoje, entendam, é para que outras possam nascer e ser melhores que eu, que nós. seguimos lutantes, desde nossas raízes. sem egos. retumbantes. morreremos felizes, porque tentamos.

37

envelhecer às vezes é terrível. eu tenho mais medo de ficar velha que da morte. não é uma questão de não aceitar a lei natural da vida, e sim de gostar de viver e não ter tempo para tudo que se quer. e o meu querer não é desejo bobo, de mulher mimada. é ardência por tudo que move, é o contrário de quando a memória desacontece e mesmo viva não se pode viver.

38

ouvir como o corpo se queixa. deixar que ele manifeste seu desuso. repousar as cicatrizes no mar. submergir também é útil para não afogar.

39

quem inventou que a mulher é análoga à delicadeza que me desculpe. inventou por medo e desassossego. o que somos por fora nem sempre é o que gostaríamos que aparecesse de verdade para o mundo. tem muito medo. tem muita coisa embrulhada por dentro. que, se a gente fosse botar pra fora, o Estado declararia guerra. aí quem protegeria nossos filhos?

40

eu tive que ficar adulta antes do meu corpo falar.

41

eu trabalhava durante o dia e fazia a faculdade de arte à noite. o caminho de volta no ônibus dava pra dormir ou apreciar a cidade se esvaziando e se escondendo das luzes. no ponto em que eu descia, sempre estava muito escuro. o pessoal do morro quebrava de propósito as lâmpadas dos postes.

— motorista! pode parar aqui pra mim?

era a esquina, se precisasse correr seria mais fácil.

— não posso, menina, só mais adiante!

ser mulher à noite naquele bairro não era para atletas não preparadas como eu.

42

a gente era criança, e fazíamos uma represa na cachoeira do quintal. passávamos as pedras de um em um, para formamos uma piscininha natural. quando chegou a minha vez, era pesada demais, e não sustentei o peso da minha pedra. eu só me lembro de ver os dedos da minha irmã ensanguentarem. sei que ela levou alguns pontos. eu carreguei aquela pedra muitos anos desejando que ela fosse mais leve ao te passar.

43

ainda hoje quando chove, eu encho o peito de nostalgia. eu e a dedeia brincando na enxurrada, nas ruas do interior de minas. nossos corpos inocentes, cúmplices de uma liberdade genuína. fechávamos os olhos. abríamos os braços. deixávamos a água escorrer para dentro da gente. eu me lembro do cheiro daquele dia. as ruas vazias, só a gente existia. todos os sentidos ali nus. invisíveis da maldade. carrego em mim o cheiro de umas férias felizes em patos de minas. ainda hoje quando chove.

44

nós, as mulheres da família, sempre nos reuníamos em algum quarto da casa. em cima da cama, ficávamos acariciando umas às outras, coisa de afeto mesmo, sabe? desde criança e mesmo depois de adultas. cantarolávamos, brincávamos e desabafávamos nossos cotidianos. botávamos para fora uma cumplicidade bonita. assim eu aprendi a respeitar todas as mulheres antes de mim. e a entender que, desde sempre, não andamos sós.

45

não entendia bem quando pediam para a gente catar conchinhas na areia e depois faziam a gente jogar fora porque dava azar. na casa dos meus pais tinha um pote enorme cheio delas. eu achava que o nosso azar era menor por isso.

46

eu já inventei ter piolho para minha mãe ficar procurando. ela fingindo que não sabia que eu estava mentindo, continuava procurando. procurando. até eu adormecer.

47

meu avô dizia que cabra macho tinha que beber. que diabos era aquilo de homem que não bebia? cabra macho não chora, mas se beber podia. então acho que meu avô bebia para chorar um pouco o que sóbrio ele escondia.

48

na hora do almoço mal se podia falar. os lugares eram marcados, e a gente só se servia depois dele se sentar. um dia, sem querer, deixei meu pé encostar nas calças dele. levei um beliscão que me arrancou um pedaço. nesse dia a comida ficou mais salgada.

49

eu aprendi a ler os lábios, olhando minhas irmãs conversarem em segredo com as amigas no quarto, através do buraco da fechadura. desde pequena eu era curiosa e, se não tinha motivo, eu inventava para a vida ficar menos *aburrida*. apressada, eu queria aprender logo os segredos das meninas.

50

autopossibilidade não é só um conceito acadêmico de tese. foi como eu me construí a vida inteira. eu também sou objeto dos meus estudos.

51

o quintal da casa dos meus avós em cordisburgo tinha dois cajueiros que eram nossas imensas naves espaciais. de lá eu dominava o mundo. dava pra ver pé de tamarindo, pitanga e abacate. foi lá que aprendi com minhas tias que lavar a cabeça na água da cisterna deixava os cabelos mais bonitos. de repente algum primo gritava: — olha, lá vem o trem! saíamos correndo como se fôssemos perder a última viagem. quando cresci e voltei naquele quintal, ele parecia pequenino, sem folhas no chão, vestido com um pouco mais de solidão. mas eu ainda podia ouvir alguém gritar:

— olha, lá vem o trem!!

52

de minas até o ceará são 2.307 quilômetros de estrada. meu pai resolveu ir na veraneio. eram férias desejadas, ver os meus avós, mas principalmente a praia. o porta-malas virava nossa casa naquele carro imenso. da janela eu via vários mundos ficarem em seus cotidianos pesados. eu às vezes pensava que era injusto ter férias enquanto outras pessoas trabalhavam. e quando eu via o mar eu realmente achava que todo mundo merecia.

53

na varanda da minha avó sempre ventava um cheiro que só lá ventava. em uma tardezinha eu observava a rua e dois cachorros cruzando na calçada. fui chamar minha irmã para ver aquela farra, meu tio logo atrás de mim disse que eu era muito nova para ver aquilo. mas para sentar no colo dele não.

54

minha irmã mais velha era quem fazia o cafuné mais demorado. a gente gostava de deitar no colo dela para ela ficar mexendo na gente. acho que sobrou pra ela aquilo que os pais faziam e ainda fazem com as filhas mais velhas. ser referência e dar o exemplo. eu já pensei nessas coisas, de como os pais transferem para os filhos algumas responsabilidades. essas inversões às vezes nos reumatizam para sempre.

55

a rua em que a gente morava no anchieta era muito íngreme. uma vez descendo a pirambeira minha mãe quebrou o pé. eu era adolescente e não gostava de sair da escola e ir direto para casa. então acho que não vivi tanto a sua dor como minha irmã do meio, que passou a cuidar da casa. a mãe confessou que teve medo de contar para o meu pai que havia quebrado o pé e ele ralhar com ela. ela nos contou isso anos depois. essa dor eu senti.

56

todos os anos a gente se reunia no natal. as famílias vinham de várias partes. muita comida e muita bebedeira. sempre alguém se enfadava. sempre alguém caía na piscina de roupa e tudo. sempre alguém dizia que aquilo ou isso não se podia fazer. mas o que eu mais gostava era que sempre, sempre alguém cantava.

57

minha irmã do meio me ensinou a andar de bicicleta, para isso ela era corajosa. foi no sítio que a gente tinha. ela me empurrava e dizia: — vai, você consegue! eu caía mais que andava, mas sempre levantava. com cascalho grudado no joelho, caía de novo e levantava. com a mão toda machucada, e de novo eu levantava. tentava e tentava. ela na verdade não sabia, mais que andar de bicicleta ela estava me ensinando a andar a vida.

58

meu corpo guarda a memória dos arrepios que nascem na espinha. o corpo não tem amnésia, mas parece que os tios sim.

59

eu tinha três anos quando caí do cavalo e ainda tinha três irmãos. eu não traumatizei. o cavalo talvez sim, pois, enquanto eu caía, nos seus olhos eu via a pena que sentiu de mim. muito miúda, perdi o ar, achei o chão. o cavalo talvez sim, eu não.

60

em uma excursão de escola, sobraram vagas. escolheram alguns alunos de uma turma mais nova, e fui selecionada. então lá, coloquei o biquíni para nadar. o menino que eu gostava fez um comentário sobre minha bunda, que de tão pequena ele queria apertar. a relação com o nosso próprio corpo, desde criança, deveria ser de amor. deveria ser a nossa relação com ele, e não a relação dos outros com ele. o menino era só um menino. mas ele já tinha aprendido como um menino deveria olhar para o corpo de uma menina. comecei a achar os meninos bobos.

61

eu ainda me lembro do cheiro de quando a gente ia ao clube. chupava picolé de palito premiado. eu gostava de me deitar no peito da minha mãe dentro da piscina, só pra ela pular como um sapinho cantando no meu ouvido para eu cochilar. aquele cheirinho de mãe com protetor solar é até hoje um afago em mim. e, toda vez que a gente nada junto, mãe ainda faz sapinho pra me ninar.

62

não é porque meu pai já me chamou de puta que ele era uma má pessoa. mas não foi porque morreu que se tornou boa. ele era bom do coração, mas sei lá. sempre deixava escapar sua origem, seu falo e sua autoridade. deve ser ruim morrer sem poder se consertar.

63

gosto de pensar que eu sou transitória, tudo que me etiqueta me enrijece. por isso, quando perguntam quem eu sou, eu digo que estou e que amanhã se verá. mas as memórias deixam marcas do ontem. quem vê saberá.

64

eu e ele cantávamos juntos na rede da varanda. é verdade que ele me ensinou muitas canções, de mar, de viola, de gaita e violão. me ensinou a pescar, a nadar e a plantar. eu honro meu pai com seu saber natural, e que me ensinou desde cedo que a vida precisa de cor, precisa de simplicidade e muita, mas muita coragem. zum zum zum lá no meio do mar.

65

ele não sabia, mas iria morrer logo. me disse que sentia o peso da vida ali naquela hora. e que, se aqui fazemos, é aqui que pagaremos. meu pai era católico e obrigou a gente ir à missa até quando pôde. quando criança na igreja, eu achava graça dele cantar de olhos fechados e uma lágrima escorrer no canto dos seus olhos. ele ralhava comigo. era católico, então não sei se foi pro céu.

66

a cicatriz é uma memória concreta de rejeição, violência, abuso e dor. nem toda marca fica na pele, os torturadores que o digam, sabem bem esconder o corte. mas nem todo corpo resiste. todo corpo tem limite. muitas vezes, quando o corpo sucumbe, a alma já se foi faz tempo, cansada de ter que repetir: eu existo, eu existo, eu existo, eu insisto, eu existo, eu desisto.

DIANA CASTILHO (1978) ███████ vive em Lapinha da Serra (MG). É formada em Artes Visuais pela Universidade do Estado de Minas Gerais e doutora em Antropologia pela Universidade de Granada na Espanha. Desenvolve trabalhos nas artes visuais e na literatura, tendo como ideais de inspiração o artivismo e o anarcofeminismo. Amante das plantas e dos animais, odiante do fascismo e de todas as formas de opressão. Faz parte dos grupos de escrita: Coletivo Margem e Coletivo Escreviventes. Ganhadora de vários concursos de antologia poética, tem poemas publicados em livros coletivos, zines e lambes. Autora de *Lubrificada* (Urutau) e *Há Solidões* (Folheando) ████

HECATOMBE
selo da editora urutau

EDIÇÃO debora ribeiro rendelli
REVISÃO juliana palermo
DIAGRAMAÇÃO victor h. azevedo
PROJETO GRÁFICO E CAPA wladimir vaz
COORDENAÇÃO GRÁFICA tiago fabris rendelli

Dados Internacionais de Catalogação na Publicação (CIP) de acordo com ISBD

C352a Castilho, Diana

Ainda hoje quando chove: Memórias da carne /
Diana Castilho. - Cotia : Hecatombe, 2023.
80 p. ; 13 cm x 16,5cm. – (Quem dera o sangue)

ISBN: 978-65-87938-92-9

1. Literatura brasileira. I. Título. II. Série.

2023-1498 CDD 869.8992
CDU 21.134.3(81)

Elaborado por Vagner Rodolfo da Silva - CRB-8/9410

Índice para catálogo sistemático:
1. Literatura brasileira 869.8992
2. Literatura brasileira 821.134.3(81)

COLEÇÃO QUEM DERA O SANGUE JUNHO 2023